新拉封丹寓言

55个现代动物故事

[法]帕斯卡·图拉德 著　　[瑞士]埃德里安娜·巴尔曼 绘　　陈潇 译

上海人民美術出版社

目录

动物朋友，我懂你们！	1
老鼠四兄弟	33
红雀老太太	36
狐狸新手爸爸	37
聪明的猫	41
可怜的炖兔子！	43
新龟兔赛跑	44
臭美的公牛先生	46
自恋的天鹅	47
孔雀！孔雀！	51
冒险家蚂蚁	52
烤蟋蟀	54
长牙的鸡	56
知了的报复	58
老鼠的品味	61
让人害怕的鸽子	62
狼的小秘密	65
小小的最后一个	68
窝囊废和保护神	71
喵	72
刺猬的疼痛	75
斑马佐罗	79
狐狸，你得吃光！	80
乌龟爸爸骨头硬	83
闭嘴，驴爸爸在说话！	85
抗议者蚯蚓	88
河马爱人	91
虱子的烦恼	95

甲壳类动物的课间休息	96
鸡窝里的争执	98
蟒蛇	101
噩梦妈妈	103
吸尘器	105
流口水	107
癞蛤蟆为什么叫？	108
穿错衣服的狐狸	110
公主的真相	113
瓢虫的信念	115
吃书帮	117
虱子度蜜月	122
不再亲吻咪咪	124
老鼠和狮子的特殊友情	127
猫殿下	129
苦笑的首相	131
狼的坏心思	132
游行	134
国王，王后	136
一只路过的小布谷鸟	138
毛毛虫，勇敢点！	140
闷闷不乐的绿老鼠	143
河马	147
哲学家狐狸	148
情圣西哈诺	150
不喜欢 Q 的凤凰绿咬鹃	153
自惭形秽的大象	155
想学青蛙跳水的牛	159

动物朋友,我懂你们!

亲爱的新朋友和老朋友,我得给你们讲个故事,一个难以置信的寓言故事。这个故事是……先听我讲吧,回头再告诉你们背后的故事!

我独自一人,住在村子广场上一间狭小的房子里。房子后面有一个封闭的果园,破旧的高墙上爬满了常青藤,墙壁中央有一扇腐朽的门,可以通往这个小镇的森林:忘却之林。

但没人敢进去散步,因为大家都害怕迷路。听说森林小径不仅变幻莫测,还迷雾重重。

故事开始于一个夏天的某个周日，凌晨四点左右，天色依然是灰蒙蒙的，整个村子里的人还在睡梦中，除了我和动物们。很少唱歌的鸟儿居然在此刻唱起歌来，昆虫（例如：蝉、蚂蚁）和哺乳动物（例如：狼、鹿、狐狸）也很活跃。他们在森林里闲逛，在草地上游荡，寻找食物、新鲜的露水，还有浪漫的邂逅。为什么在这个时间点呢？是因为害怕人类吗？还是害怕升起的太阳？也许都有可能。日出前的这段时光是属于动物们的，整个村子都是他们的舞台……

我也在这时起床，慢慢适应这个陌生的环境，有一种一切尽在掌控中的感觉。我透过厨房的窗户看到外面的广场，像小孩子一样玩起了下命令的游戏："面包店，开门！"或者是"月亮，去睡觉！"每次我都赢了！是的，我喜欢这段时光，享受从黑夜缓缓步入光明的过程。在这种温柔的氛围中，我的感官被无限放大，可以嗅到未知的香气，听到花开的声音和树木的沙沙声，甚至还看见了一些奇怪的事情……

今天凌晨，我在自己的小房子里折腾面团。我可擅长做派了！今天要做的是杏子派加巧克力碎。我的三个孩子可喜欢啦！我一边捏面团，一边看着窗外的日常风景：广场喷泉[1]。月光照耀下的喷泉泛着微光，姿态傲人。据说这个喷泉有三百多年的历史了。喷泉三百年来流淌个不停，给我们送来了清澈的地下水。这个村

---

1 法语中la fontaine意指喷泉，《拉封丹寓言》的作者让·德·拉·封丹的姓氏正好就是la fontaine。——译者注（本书注释均为译者注）

子的阳光非常毒辣，还好有喷泉的洗礼，真是一大幸事！喷泉就是这个村子的灵魂。

不幸的是，这几年来，喷泉的水似乎有枯竭的迹象。村民们也为此担心焦虑。

继续做派吧！我正擀着面，突然，喷泉里喷射出一只动物。因为天色很暗，我看到的也许只是个幻象。只见这只动物爬到池边，左右巡视一番，然后跑到广场的矮凳上等着晾干毛发。这不是我第一次看到有动物在这个时间穿过广场，但是洗澡加晾干这一连串动作还是让我吃惊不已！这实在是……

过了一会儿，我把面团放进模具里，又看到一只小鸟的身影从水里飞出来，然后扇动着翅膀，飞到广场一棵高高的橡树上。这时发生了一件更奇怪的事情！

矮凳上的四脚动物站了起来，抬起头看着小鸟。他们俩似乎在交谈。我搞不懂了，动物从什么时候开始会说话了？我是不是还没睡醒？我决定把眼前这一幕当成幻觉，毕竟光线太暗，而我

本身想象力也很丰富。

面团铺好了,我准备去找杏子。没有杏子的派可不能算是杏子派。

刚到地窖,我就听见有人在敲门。我不安地想:谁会在这个时候敲门?于是我拿着水果,匆忙上了台阶,跑去开门。

神奇动物的故事开演了!是的,我家门槛上……站着一只狐狸,他的肩膀上……站着一只乌鸦!狐狸清了清嗓子,以非常戏剧化的声音开口说道:"嘿,您好,亲爱的帕斯卡·德拉图先生。我先自我介绍一下,我是狐狸师父!"

乌鸦表示抗议:"狸狸,你给我闭嘴,你才不是谁的师父!"

狐狸没有理睬他,继续缓缓道来:"德拉图先生,很抱歉这么早打扰您,但是我们不想在光天化日出没,被别人看见。"

"没错!"乌鸦补充说,"这些八卦消息回头传到网上就糟糕了。"

我一脸震惊,无言以对。

狐狸看我不出声，继续说：“我们想跟您解释一下我们这次拜访的原因。您认识让·德·拉·封丹先生吗？”

我想了想，要回答他们的问题吗？如果继续保持沉默，情况会更加奇怪。我只能嘟嘟囔囔：“呃，是的，但是……"

"您认为他这个人怎么样？"

"是个好人吧，但是……我想这位先生已经不在人世了。"

乌鸦说：“我们当然知道。"

"呃……我能为你们做什么？"

"您会明白的。"狐狸说，"但是可能得花点儿时间。"

我彻底呆住了，眼前这一幕无厘头的情景让我晕了头。就像是在做梦，但是动物身上散发出来的强烈体味让我意识到这一切都是真实的。虽然被吓了一大跳，可我还是得尽尽地主之谊。

"请进吧。"

我让两个不速之客坐在客厅里。

狐狸继续说：“亲爱的帕斯卡·德拉图先生，我们预先通知您一件事，希望您不要太吃惊。"听到这儿，我紧张地笑了笑。狐狸接着说："我们剧组约在您家见面，其他成员马上就到。"

一连串的问题在我脑子里迸发。我选择一个最简单的问出了口："你说的是什么剧组？"

乌鸦张开嘴，正准备开口，门口就传来了敲门声。

门槛上，一群大大小小的动物在排队等待，队伍一直排到了喷泉旁。我看到有蝉、蚂蚁、野兔、乌龟、驴、狮子、狼、羊，还有其他动物。

我平复了一下心情，开口说："请进吧！很抱歉，我家客厅有点儿挤，毕竟这里不是诺亚方舟。"

"诺亚方舟真是个好故事，尤其是结尾！"白鸽感叹道。

动物们进来后，在我的客厅里安顿下来。一关上门，我的"客人们"就开始叽叽喳喳说个不停……真是乱成了一锅粥！我不得不打断他们："你们想喝点儿什么吗？咖啡、茶还是热可可？"

等每位客人手里都拿好了饮品，狐狸开口了："朋友们，请听我说。现在要跟德拉图先生解释一下我们拜访的原因！"

我还从来没见过这么稀奇的场景，不禁也起了兴致："好主意！首先，能否解释一下为什么给我取这样一个奇怪的名字？"

狮子解释说："这是我们私底下给您取的昵称。我们觉得这个名字更加华丽，更加贵族气。帕斯卡·德拉图就跟让·德·拉·封丹一样贵气。"

驴子打断了他的话："事实上，就是把您的姓氏图拉德反过来念的文字游戏而已。我们习惯这样叫，比如乌龟，我们叫他龟

龟[1]，还有乌鸦，我们叫他鸦乌[2]。"

乌鸦抱怨道："这不是文字游戏，这就是事实真相！"

---

[1] 乌龟的法语是tortue，倒过来是tutor，意思是教练。
[2] 乌鸦的法语是corbeau，倒过来是beau corps，意思是美丽的身体。

大家伙儿都笑了。

看到我一副不知所以然的样子，驴子赶紧解释："亲爱的先生，您别担心，我们是艺术家，演艺界的临时工。不错，我们正是知名的让·德·拉·封丹旗下的团队。"

"我认得出你们。"我说，"你们是明星啊！"

"别夸张了！"乌鸦嘀咕道，"现在谁还认识我们？"

我稍微安下心来，念起了拉·封丹著名的寓言诗："狐狸师父，来到树梢，嘴里叼着块奶酪……"

"是的！"兔子打断了我，"也就老家伙还认得出我们吧！"

我不禁反驳："老家伙？"

乌龟表示歉意："兔子不知道分寸，但是他也没错。他是想说现在的年轻人只沉迷于社交网络，再也不读寓言了。"

"是的。"狮子表示赞同，"孩子们对往昔美丽的法语失去了兴趣。"

"这正是我们前来拜访的原因。"狐狸说，"自从我们敬爱的让逝世后，再也没有人为我们量身定制角色了。"

"没错。"蚂蚁点点头，"我感觉自己没啥用……"

狐狸继续说："总而言之，为了跟上时代的步伐，我们需要一个新作者撰写现代寓言故事。亲爱的德拉图先生，我们想到了您！"

我咳嗽了一声："嗯……亲爱的剧组成员们，在回复你们之前，我想弄明白一件事情。"

"我们洗耳恭听。"狐狸说。

"你们参演这些寓言故事的好处是什么？"

狐狸继续说："德拉图先生，您这个问题不符合常理。如果您时间允许的话，请让我来细细解释一番。"

乌鸦嘲讽道："就算您时间不允许，他也会说给您听的。啊，这个狐狸真是大嘴巴啊！"

动物们都笑了。

狐狸很生气地说道："你们不是选我做发言人吗？"

狼反驳道："那是因为你自称在寓言故事里出场次数最多。但是我数过，我其实比你多一次。"

"好吧。"发言人承认了，"但是说句实话，你们中间有谁够聪明和坚定，能捍卫我们的演艺生涯呢？蚂蚁，你可以吗？你的声音谁都听不见。乌龟，你可以吗？你做什么都要磨磨蹭蹭好几个小时。狮子，你可以吗？你只会夸口谈当年勇。"

"你快说正事吧！"驴子笑着说，"德拉图先生肯定还有别的事情要做。"

"是的……"我接着说，"杏子派加巧克力碎。"

狐狸转过头看着我："亲爱的先生，我要跟您解释一下，但是我担心您可能听不明白，毕竟我们生活在不同的世界里。我们是寓言故事里的角色，只有在人们讲故事时才出现。每当一个孩子阅读或者朗诵寓言时，我们的肉身才会逐渐成形，进而变为实体。但是现在，寓言已经过时了，我们的身体也快消失了。您看啊，我们太瘦了，连影子都快没有了！"

"我明白了，但是你们为什么只出现在寓言里？"

"因为寓言里的角色定位很清楚。比如狗代表忠贞,狮子代表力量,蚂蚁代表勤奋,驴子代表贫穷……"

"嘿!"驴子抗议,"你这样概括是不是太偏颇了……"

"我嘛,当然是代表智慧!"狐狸说道。

"切切切!"大家都冲着狐狸嘘声。

于是我提议:"你们可以试着扮演其他角色嘛。"

"您说起来容易!"乌龟回答,"我们有自己的生活习惯,大家也了解我们的性格特点,就等着看我们本色出演呢!"

我说:"我明白了。但是还有一个问题。"

动物们仔细地听着,似乎他们的生死存亡取决于我的意愿。

"我从没写过寓言故事啊!"

狐狸继续说:"我觉得我们得打开天窗说亮话。德拉图先生,不是想冒犯您,但您的确不是我们的首选。"

"是吗?你们还问过谁?"

蝉回答说:"我问过几个歌手,比如布莱克、梅特·吉姆斯,还有鲁安娜,请他们把我们写到歌词里,但是……他们没有回复。"

"我们能在歌曲里做什么?!"狮子抱怨。

"没错。"乌鸦说道,"我们更适合演歌剧。"

说着,乌鸦张开了大嘴,开始了一段咏叹调:"哦哦哦哦哦……"

"你们这群老家伙!"驴子叹了口气。

狼开口了:"我问过一些作家,想让他们把我们写到小说里去。我盯上了一些畅销书作家,例如:阿梅丽·诺冬、J.K.罗琳、玛丽·希金斯·克拉克……"

"然后呢?"

"他们觉得我们过时了!对我们一点儿都不感兴趣……在他们眼中,我们不过是宠物而已。"

乌鸦开口抱怨:"如果我们是吸血鬼或者复活的僵尸就好了。虽然我们老人家理解不了,但这些是现在最流行的角色。"

猴子打断了他的话:"我也打听过,我给演员加德·艾尔马莱、凯文·亚当斯、加梅勒·杜布兹打过电话,希望能在他们的影视剧里露个脸。他们听了我的提议哈哈一笑,然后就没有下文了。加梅勒还很委婉地回复我说每个人都有自己的工作。"

"总而言之。"乌鸦总结道,"只剩下您了——著名且低调的德拉图先生。"

我表示反对:"你们太夸张了!肯定有比我更有才华的人。你们是不是没跟我说实话?"

看到我狐疑的神色,狐狸承认了:"您分析得没错。的确还有个原因让我们选中了您。您正好住在我们这次活动的总部,这个村子就是我们的根据地。"

"我不明白。"

"每个周日凌晨,当所有人都还在睡觉的时候,我们会聚集在广场喷泉旁,缅怀过去美好的时光。"

我扑嗤笑出声:"也就是说喷泉让你们想起让·德·拉·封丹?"

"别笑话我们,这件事很严肃的。听好了,这个喷泉是让出生那天建造的。"

"所以这个喷泉相当于他的双胞胎姐姐。"猴子笑了。

"可以这样说吧。三百年来,这里的水一直流淌不停,就像让笔下的文字,在孩子们口中代代相传。"

"等一下。"我打断了他,"可惜这泉水将要枯竭了。"

"我们知道,"狐狸叹了口气,"这不是让的错。他花了一生的时间给伊索寓言和收集来的民间故事添加韵脚。"

我大吃一惊:"不是拉·封丹本人创作了这些寓言故事吗?"

"哦,不是的!这些故事是一代代传承下来的,所以其中也蕴含着大智慧。"

野兔忍不住开口了:"狐狸,说正题吧,我认为我们选择这个村子是因为后面有一片忘却之林……没人敢踏足森林一步!"

"是的,野兔,这也是原因之一。"

我问道:"你们开会时都会做什么?"

"在天亮之前,我们会重新上演我们最爱的戏剧,缅怀已不再光辉的过去,珍惜岌岌可危的未来。"

"从广场看过去,"乌鸦继续说,"整个村子就只有您的房子是亮着的。我们知道您在监视我们。您什么都知道,这是肯定的。"

我不知道该如何回复他。思考了一会儿,我突然想起来自己好像的确见过龟兔赛跑、狼和羊对话、一只青蛙想把自己吹成一头牛……但是我把这些归因于凌晨光线不好,身体太累了以及想象力太丰富了。因为我本身就是搞创作的,我就这样说服了自己。就在这时,门口又传来声音。

我打开门,看见一只猫跨坐在一只鳄鱼身上。

"你们也是剧团成员吗?"

鳄鱼开口了:"呃……我们得知您要给那些被遗忘的艺术家

写故事。"

我说:"进来吧!正在说这事呢。"

狮子马上发问:"这是谁?他们不是我们剧团的。"

"没必要这么神经紧张!"驴子叹了口气。

猫解释说:"自我介绍一下,我是猫妈妈米歇尔,就像你们看到的,现在已经没人唱那首以我为名的童谣了。"

鳄鱼插嘴:"至于我嘛,我是尼罗河边的鳄、鳄、鳄、鳄、

鳄、鳄、鳄鱼,按照歌词,我早就该出发了,可实际上我还待在这里。"

"我也是。"一只小老鼠用细细尖尖的嗓音说。谁都没有注意到她。

这只老鼠竟然跟鳄鱼一样都是绿色的。不过已经没有什么可以吓到我了。

狮子生气了:"亲爱的德拉图先生,请您不要听信这些奇怪的家伙说的话。他们跟我们没关系,把他们赶回家!"

"为什么呢?"

"他们是给宝宝表演的演员!"兔子也生气了,"幼儿园才会教唱《绿老鼠》这首歌。而《龟兔赛跑》是小学,甚至到中学还会继续学习的内容……"

"是的。"乌鸦说道,"我们要是跟他们同台实在是有失身份。"

驴子训斥了他们:"你们太过分了啊!"

我对新来的客人说:"过来客厅坐吧,我给你们拿点儿喝的,茶、咖啡、热可可还是橙汁呢?"

"新鲜的牛奶最好了。"猫很有礼貌地回答。

"我嘛,"老鼠开口了,"我想要半杯油、半杯水。"

在厨房里准备饮料的同时,我看了看窗外。教堂钟楼那边的天亮了,时间已经所剩不多。我想着该怎么回复我的客人们。一边想,一边给面团加上杏子,撒上巧克力碎,最后把派放进炉子里。

这时候,门口又传来敲门声。这是没得完了吗?

我已经习惯了千奇百怪的动物到访,于是起身去开门,看看还有什么能让我大吃一惊的怪客人。今天可真是热闹啊!这次是鼹鼠、鬣狗、秃鹫、鼻涕虫、虱子、蚯蚓、蟑螂……

我没询问原因就让他们进来了。

这下子引起了公愤!

狮子更加生气了,他大声吼道:"出去,你们这些土坑里的废物!"

乌鸦也趁机起哄:"嘿,你们这群门外汉来这里干吗?这可是艺术家的聚会……"

"一群坏家伙!"绿老鼠也发飙了,她找到了合群的方式。

驴子再次像个大家长一样发号施令:"嘿,停下来!他们也是我们的同胞啊!"

鼹鼠耸耸肩膀,看着我,提高了嗓门儿喊道:"我可以说话

吗?"

"说吧。"我回答。

"我们对他们的反对并不感到吃惊,我们也习惯了。没有人喜欢我们,哪儿都没有我们的容身之处。没有作家愿意写我们的故事,要不然就把我们写成坏蛋、畸形的怪物、搞笑的角色或者是替罪羊。人们认为我们一无是处……"

"说得好。"蛞蝓大喊,"是的,我们也想扮演正面的角色。"

"真是可笑之极!"乌鸦不屑一顾。

"你是在讽刺自己哪段经历呢?"狐狸用嘲讽的口气问道。

我不得不插嘴:"说实话,我觉得这些偏见是不成立的。这些角色做了什么坏事吗?没有啊!无论哪种职业,都得从零开始。"

狐狸问鼹鼠:"你们怎么知道我们在这里开会?"

秃鹫回答说:"是我!我是剧团的跑龙套成员之一。让·德·拉·封丹只让我在寓言故事里出现了一次,所以没人认识我。但是我一直在候场,不敢出声……"

"行了。"狮子一脸不屑地打断了他,"现在你们都讲了自己的烦心事,可以回家了,我们还有正事要谈呢!"

"那可不行!"鼹鼠拒绝了。

狮子晃了晃身上竖起的鬃毛,然后向前一步:"你们知道自己在跟谁讲话吗?"

"不知道。"

"我是《狮子与老鼠》中的狮子!"

"哦。"蚂蚁靠近了秃鹫,"我可是《知了与蚂蚁》中著名的蚂蚁。"

一个细细尖尖的声音响起:"我是《在草地上奔跑的绿老鼠》中的绿老鼠。"

乌龟担心事态失控,赶紧插嘴:"不管怎样,也不可能给每个人都安排一个角色。风水轮流转啊！"

鼹鼠生气了："所以每个人都要有机会啊！过气的明星们，这个世道变了！"

鬣狗文绉绉地补充说："国王的时代已经终结，特权阶级到了头……"

我用勺子敲了敲杯子，想要引起大家的注意。

"听我说，整个村子的人快醒了。你们就不能稍微团结一点儿吗？"

"智者之言！"乌龟支持我。

"他说得没错！"驴子也支持我。

"就趁现在吧！"狮子也支持，"德拉图先生，您别瞻前顾后的，也不要再让我们苦苦哀求了，就干脆地说您愿不愿意为我们工作。我们需要的是行动，而不是空头支票。现在就给我们一个答复吧。不然就太晚了！"

我还在犹豫："这个……"

看到我犹豫不决，动物们群起攻击。

"一点儿困难就把他吓倒了！"兔子说。

"懒虫！"蚂蚁说。

"胆小鬼！"鼻涕虫说。

"冒牌货！"狮子咆哮着说。

"如果真是如此，那他写的书可不值几个钱！"猫妈妈米歇尔说道。

驴子打断了大家："你们这样说，德拉图先生就会接受我们的提议吗?"

动物们不好意思地低下了头,刚才的言辞似乎有点儿过激了。看到大家一副垂头丧气的样子,我请求考虑几分钟再回答。我再次来到厨房,给自己倒了一杯黑咖啡,让脑子清醒一下。

我有个小小的疑问:这是不是在做梦?不,客厅里传来的声音推翻了这个假设。透过窗户,我看见阳光已经照亮了橡树顶,马上就会照到喷泉。现在是做决定的时刻了!

撒了巧克力碎的杏子派已经烤好了。我在托盘里放上碟子和刀叉,一起端进客厅。驴子提议说:"我可以帮您切!"

大家都坐好了,我清了清嗓子说:"亲爱的动物朋友?这样称呼大家可以吗?我想了想,倒很愿意试试看。"

动物们欢呼道:"他答应了,太好了!"

他们先后起身,组成一道波浪来庆祝胜利。

我继续说:"别激动……我可不是拉·封丹!我想试试看给被人遗忘的故事修补一下韵脚。但我事先提醒你们,我的故事是给现在的年轻人看的,不是给国王和王子的孩子们看的。"

"太可惜了……"狮子有点儿遗憾。

"还得是通俗易懂且朗朗上口的故事。"我补充说。

"闻所未闻啊……"狮子更加不高兴了。

狐狸继续问:"那……您是怎么选演员的呢?您会跟让一样选择最优秀最有能力的演员吗?"

我笑了:"比如说谁?狐狸你吗?谁都没有特权,我完全是按照……"

"什么标准?"跳蚤有些不安地问道。

"按韵脚来吧!"

狮子愤怒了:"我跟鼻涕虫[1]押韵,可我俩能相提并论吗?"

"说起来我跟跳蚤[2]也押韵啊!"狼也不太高兴。

乌龟慢悠悠地说道:"我同意,什么角色都可以,总比被人遗忘的好!风水轮流转,要给其他人留点儿位置。但是,亲爱的德拉图先生,我相信现在没有人喜欢听人说教,然而,我不喜欢没用的故事。所以我有个很重要的请求,请您务必确保故事里都

---

1 法语中狮子是lion,鼻涕虫是limace,押头韵。

2 法语中狼是loup,跳蚤是pou,押尾韵。

有哲理反思。"

驴子紧接着说:"事实上,孩子们并不太懂拉封丹寓言里复杂的情节。"

我想了一会儿:"那倒是,没必要唠唠叨叨讲道理或者是

常识。而且很多所谓的寓意是存在争议的,比如《知了和蚂蚁》,每个人都有自己的理解。"

"不。"蚂蚁表示抗议,"寓意很明显,就是劳动最光荣啊!就这么简单。"

我笑了:"亲爱的乌龟,跟您一样,我也欣赏可以让人反思的故事。我会加入一些小心思……"

狮子骂道:"我不明白!现代教育学就是给懒虫设计的玩意儿!"

我继续说:"我当然会用上幽默的桥段,甚至是荒诞的手法。现在的年轻人对这些感兴趣。很多网红不就是这么火起来的吗?"

"没错!"猴子说道,"我喜欢看网红。"

狐狸支持我:"小聪明终归派上用场了。"

乌鸦很激动:"我们可以拍一些搞笑的视频传到网上吗?"

"为什么不呢?" 猫妈妈米歇尔说道,"人类喜欢猫咪懒

洋洋的可爱模样。"

狐狸看到太阳的第一束光射进了窗户,站在桌子上大声说:"谁同意帕斯卡·德拉图的建议?"

我打断了他:"最后一个请求:我可以用回我的原名吗?"

狐狸笑了:"可以!"

动物们的爪子一个接一个举了起来。

我让他们安静些:"嘘!我听到声音了,面包店老板开门了。我建议你们从后面的花园悄悄离开,下周日同一时间再来。到时候,我给你们做个加巧克力碎的草莓派,把第一个寓言故事读给你们听,然后听取你们的意见。"

我打开门,动物们排着长队离开了。临走前,我握了握他们的爪子或翅膀。

美丽的演员狐狸对我说:"那就周日凌晨五点见,亲爱的图拉德先生。我会带牛角包来的。"

我笑了:"师父,再见!"

一出了门,我新交的动物朋友们又恢复了他们的兽态。鼹鼠钻到地下,鼻涕虫蜿蜒爬行。我在纳闷儿跳蚤飞哪儿去了……

驴子最后一个走。他停下来说:"我们可以用'你'相称吗?"

"好主意!"

"再见,帕斯卡……"

我笑了:"再见,亲爱的驴子!改天晚上再聊,我们还可以一起吃夜宵,你看起来很欣赏我的派嘛!"

"好的。"驴子笑了,"我可以给你当个帮手。我押韵的功夫也不错的……"

这时,门口传来了敲门声。驴子在进入忘却之林前,发出了惊人的叫声:"嗯昂嗯昂!"

从那天开始,我埋头苦干。每周一篇寓言故事和一个撒上巧

克力碎的派。这工作并不简单。我知道每只动物都在等待属于自己的故事,也许这次,某个"伟大的"角色可以让他再次成为明星……

从那天起,喷泉里的水又开始咕噜咕噜地流淌了。

老鼠四兄弟

老鼠四兄弟真亲密,
每逢假期,
他们就来到爷爷的城堡,
玩超级英雄的角色扮演游戏。

一年年过去了,这几个好兄弟,
因为家庭或者工作原因,
去了城市、海边、山间和田野等地。
他们再也没有见面,
这让他们失望无比。

有一天,他们得知了一个悲痛的消息:
年迈的爷爷去世了!

他们借此机会相聚一堂，终于重逢，
有太多话要与彼此分享。

田地的老鼠先提议："亲爱的兄弟们，
我们不如趁机休假一周，
缅怀过去的时光，
重温童年的回忆！"
城市的老鼠说："的确是个好主意。
我们在哪里见呢？"
田地的老鼠盛情邀约：
"来我家吧！带上你们的妻子和孩子。"
雪地的老鼠反驳："很抱歉，
我可受不了乡下。
还是来我家吧！"
"不行，太冷了！"
海滩的老鼠反对：
"我的地盘适合晒太阳。"
"啊，我们都会无聊死的。"
来自巴黎的城市老鼠打了个哈欠，
"来我这里吧，城里应有尽有。
博物馆、歌剧院、餐厅、电影院……"
"不要！"其他三只老鼠一起回答。
"塞车、污染、乱哄哄！
你的城市就是一场噩梦！"
结果，大家吵吵闹闹，
一个地点也没选好。

四兄弟分开后再也没相见,
就这样又过了好几十年。

有一天,他们又得知了一件悲痛的事情,
他们的堂哥——城里的老鼠去世了。
借此机会,在墓碑前,
三只年长的老鼠把心来谈:
"我们应该常见面。"
田地的老鼠说:"我喜欢这个提议。
但是在哪儿?什么时候?"
"是的,待多长时间呢?"

红雀老太太

一旦上了年纪,脑子也跟着糊涂。

红雀老太太啥都不记得了。

先是找不到眼镜,

然后体重又莫名减了好几斤……看她现在多瘦啊!

她丢了钥匙,丢了钱,

丢了爱人,丢了孩子,

甚至丢了羽毛、裙子和衬裤。

年迈的红雀老太太,

自由且轻盈,

身上没有任何负担,

跟尘世再无瓜葛。

她飞上了天空,

像孩子一样跟童年的伙伴玩耍。

万岁!

狐狸新手爸爸

伤心的狐狸,在路上游荡。
他的妻子死了,没有留下孩子。
一天,他找到一颗蛋。
狐狸手里捧着蛋,欣喜若狂地宣称:
"这是我的全部,
我的孩子,
我生命的意义!"

一只母鸡来了,她尖叫道:
"这颗蛋是我的!我刚才放在这里的,
我只是刚好离开去找米吃!"
狐狸却说:"不,
这颗蛋是我的,千真万确。"
母鸡强烈反对:
"你就是个偷蛋贼!"
狐狸生了气,他一口咬住了鸡妈妈,
和一只骄傲的大公鸡——应该是鸡爸爸。
鸡爸爸也是刚刚到现场。
狐狸宣告:
"没有证据,
就没有争论!
现在谁说得对?"

还没长毛的小鸡仔从蛋壳里冒出来,
喊道:"你是我的妈妈!"
她一下跳到激动的狐狸爸爸怀里。
新爸爸大喊:"是个女孩儿!"
他对她说:"你的名字就叫爱美[1]!"

故事的结局很圆满,
狐狸找回了生活的意义和欢乐。
他的女儿爱美在他的细心呵护下,
成为当地最狡猾的母鸡。

---

1 法语名字Aimée音译为爱美,意思是"被爱的女性"。

聪明的猫

傍晚,在大门口的门槛上,
狼与狗总是重复着同样的对话。
狼很同情他的小狗表弟,
总是被绳子拴着。
"可怜的,为什么要做囚犯呢?
自由难道不可贵吗?"
狗叹了口气:"自由不过是水中月,
我每天至少可以吃到饱。"

但是今天来了第三个家伙,
他也加入了这场对话。
这是只倔强的老公猫,
他以威严的口气宣称:
"各位朋友,我要对你们说,
最理想的是手里同时握住两张王牌:
自由和食物!
像我这样最会撒娇的,
还可以得到主人的专属爱抚!"

然后他翘起尾巴,
趾高气昂地离开了,
"做猫可不容易呢!"

可怜的炖兔子!

今年夏天,笼子里特别热。
为了消暑,
兔子夫人拔了毛,
全身赤裸。

这个主意太蠢。
农妇尽收眼底,
心生一计,
抓起兔子的耳朵,
把她放进炖锅,
想做一锅酒汁炖兔肉。

在炖锅里,
被洋葱包围,
兔子后悔不已……
痛定思痛。
但又有何用?

新龟兔赛跑

老乌龟拖着购物篮去买菜,
兔子布利斯,傻里傻气的跑步冠军,
建议去尼斯的运动场来一场比赛。
奖品呢,就是美味的沙拉!
家境贫寒的乌龟说:"好的,朋友。
但是在那之前,先为友谊干一杯,
用我们的运动精神做担保。"
布利斯一口气喝光,眉头都没皱一下。

枪声响起,比赛开始。
慢吞吞的乌龟拉着购物篮往前跑,
跑得再快也没用,
胜负似乎早已分出。
然而,就在离终点线不远的地方,
胜券在握的兔子,
突然倒地,
睡着了(而且并非出于自愿)。
只见乌龟,
拿到了营养丰富的奖品,
放进购物篮里,
观众们高声欢呼:"万岁!"
啊,如果这些欢呼者知道了事实真相又会怎样?

我很乐意分享秘密,何必把它烂在肚里。
原来乌龟在酒杯里放了……
安眠药!

兔子的惨败给了我们教训:
跑步前喝酒,
终归是个坏主意。
除了这条,还有其他不少花招。
来我家吧,我都告诉你们,我保证。
一边喝一边聊,你们说怎么样?

臭美的公牛先生

公牛先生，
为了见未婚妻，
好好打扮了一番。
刮胡子的时候，
因为太紧张，
弄伤了下巴，骂了几句粗口。
他的梦中情人山羊小姐，
为了见他，
忙着梳妆打扮，
刮腿毛时也多了几道伤口。

这就是为什么，
田野上的公牛和山羊，
都绑着绷带。

这个故事的寓意不难懂，
自然就是美。
不要为了变美，
刻意改变自己的外貌。

自恋的天鹅

有一只孤独的天鹅,
总是自视清高。
他试着跟其他鸟儿交谈,
但是兴味索然。
无论什么话题,
他都不感兴趣。
夜莺哼哼唱唱,
喜鹊叽叽喳喳,
鸟儿们想着吃食。
丛林里沙沙作响,
燕子讲述他的旅行,
鸽子谈论他的瑜伽,

猫头鹰不说话,
一副淡定的模样。

幸好有一天,
在运河上,
天鹅看到一只动物正热情地凝视着他,
以为对方仰慕自己,
便上前打招呼:"你好,同伴!
你的运气真不错啊!
居然遇上我这样的天鹅。"
天鹅没等对方回复,继续说:

"你不说话是对的,
不要开口说些没用的。
这要怎么说,那要怎么做,
我又是什么动物。
这些需要定义的概念一概别提,
什么都别说,就让我看看你……"

一连好几个小时,
天鹅呶呶说个不停。
对谈者很低调,
什么都不问,
保持沉默,
无比优雅。
天鹅高兴地说道:
"我终于有了一位朋友,一位同伴……"

如果你想要真正的朋友,
那就找一个哑巴!
镜子也不贵,
正好派上用场!

孔雀！孔雀！

母亲节这天，
孩子们都会准备礼物。
孔雀担心有人觊觎自己的羽毛，心烦意乱。
这只美丽的鸟儿疑神疑鬼，
他担心自己的外套，
周日的盛装，
华丽的羽毛装，
蓝色的羽毛，白色的羽毛。

于是，孔雀买了一把手枪，
放在马甲内侧的口袋里，
有人靠近就开枪！
砰！打中了小鹿！
砰！打中了牛虻！
再来一枪打在孩子身上，
他们本来想拔一根孔雀羽毛，
送给母亲当礼物。

好孩子，要知道，
对妈妈来说，
自己的孩子平安无事，
才是最好的母亲节礼物。

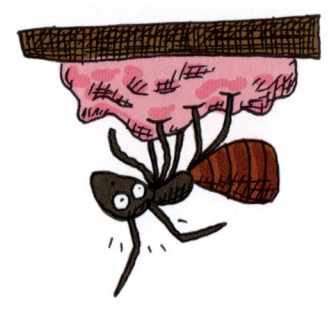

冒险家蚂蚁

听啊听,爱抱怨的蚂蚁,
在矮凳下方,
被一块口香糖
给粘住了。

哭啊哭,可怜的蚂蚁,
总是被人们遗忘。

想啊想,想到了自己的命运。
她作为一个冒险家,
浩瀚宇宙,难道就止步于,
矮凳下方这点儿空间?

梦啊梦,总是可以做梦嘛。
万一有一天她能逃离这片绝望之地呢?

救一救可怜的蚂蚁,

人类总是忘了他们!

听啊听,

哭啊哭,

想啊想,

梦啊梦,

救一救。

坐在矮凳上的小学生,

如果你们不想周六被留堂[1]。

要记得,

好好学习!

明白了吗?

---

[1] 法语collé一词字面意思是粘住,这里指留堂。

烤蟋蟀

晚餐时,公鸡先生准备了
一只又肥又大的蟋蟀,
放在花园的烧烤架上。
坏脾气的母鸡太太说:
"你知道的,
我不喜欢高压锅炖的菜和锅底的脆皮。"
公鸡先生不满道:
"太过分了,
你至少该说句谢谢!"

"谢你什么？不了解我的口味？
不，公鸡，我以后再也不想跟你说话了。"

公鸡大吼："母鸡，你就是个泼妇。"
母鸡气坏了："你说什么？"
"事实，我说的不过是事实！"

两只争吵的鸡，
忘记了烧烤和高压锅，
烤蟋蟀，
变成了……木炭！

寓意很明显，
吵架还是吃饭，只能二选一。
除非我们喜欢吃炭！

长牙的鸡

一只母鸡生了六只小鸡,
五只很美,一只很丑。
为什么丑?
因为他……长了一口牙齿。
农场的小伙伴,还有兄弟姐妹,
都觉得他很危险。
除了牙医。
大家把他当作怪物,
长牙的鸡很伤心。
他不敢哭,也不敢笑,
甚至不敢在睡前,
去亲吻母亲。

有一天,长牙的鸡离家出走了。
他走了很久很久,
但是他这样的奇葩,
哪里能找到爱情?
就连野生动物,大到野猪,小到蚂蚁,
都忍不住嘲笑他。

四处碰壁,他只能回家,
不巧农场正陷入一场大危机,

处于水深火热中。
原来是狼来了。
他说:"亲爱的朋友们,
今天是你们的好日子,你们的大节日!
我要点菜啦!
开胃菜来几头小山羊,
主菜是三只小猪——是的,我饿了。
然后甜品是:小鸡之舞!"
听到了兄弟姐妹的呼救声,
长牙的鸡赶紧冲上前,
一口咬住了坏蛋的屁股,
咬得狼大喊:"妈——呀!"

从那以后,长牙的鸡有了很多朋友,
他们都夸奖他有大智慧,
其实他们是担心……
自己的屁股也被咬上一口!
从此之后,长牙的鸡身边只有朋友。

知了的报复

请听听这则寓言：
知了不喜欢说教，
她更喜欢在电视上唱歌，
唱动人的小曲。

请继续听下去：
知了想成为明星。
她的邻居蚂蚁，
是圣-阿瓦尔[1]银行的职员。
蚂蚁嫉妒知了，说她不过是个街头卖艺的，
蚂蚁忍不住叹气：
"随便唱唱愚蠢的歌也可以赚钱，这样公平吗？"

你们认为知了会生气吗？
不，知了跟她的朋友狐狸一样狡猾。
作为还击，她将自己的不满拍成了一段音乐短片，
歌名就叫《爱错人》。
蚂蚁受到了嘲弄，
羞愤难耐，从蒲公英的高处跳了下来。
但是一切没有如她所愿……

---

1 阿瓦尔是法语单词avare的音译，意思为守财奴。

她没有死,而是进了医院。

医生跟她老实讲:
"女士,以后您走路,
得扶着拐杖才不会摔倒。"

知了受刺激了吗?并没有!
她觉得这个故事很有趣,
将它写成了一部小说,
结果大受欢迎,
还被制片人改编成电影,
成了票房冠军。
知了,从小明星变成了……
百万富婆!

故事到此结束。
知了从来就不喜欢说教。

老鼠的品味

老鼠夫人，品味不错。
她珍爱的奶酪，
可不是萨瓦省的普通干酪。
"没错，不将就！"
圣 - 马塞林可不行，
"抱歉，我不饿！"
更别提卡芒贝尔，
"我留着肚子吃甜品。"
要不要米莫雷特？
"那就来一小片吧！"
其实，老鼠夫人喜欢的奶酪，
是格鲁耶尔奶酪。
这个没头脑的小家伙，
把格鲁耶尔跟埃曼塔搞混了。
埃曼塔奶酪有很多洞：
小洞洞，中洞洞，
她最爱的是可以钻进去休息的大洞洞。

"多么幸福啊！"
浑身雪白的老鼠夫人感叹，
"周日能在洞里睡上一整天！"

让人害怕的鸽子

诗人白鸽,
在寻找以"ombe"结尾的韵脚,
来创作她的伟大诗篇:
《鸽子之神是最聪明的!》

诗人白鸽,
找到了一个词:炸弹(bombe)。

诗人白鸽,
把一个小小的炸弹,
藏在
橄榄枝铺成的窝里。

诗人白鸽，
找到一个词：坟墓（tombe）。
还有大屠杀（hécatombe）。
她觉得这些词格外美丽，
很适合她的伟大诗篇：
《鸽子之神是最聪明的！》

诗人白鸽，炸飞了成千上万只鸟，
包括年轻的、年长的、刚出生的，
以及路过的鸟儿。
《鸽子之神是最聪明的！》

她的诗篇完结了。
她那高高在上的聪明天神，
却没有说一句：谢谢！

狼的小秘密

一天中午,优雅强壮的狼,
在田野里遇上了肥美的羊。
狼对羊说:
"你好,嫩嫩的羊后腿,
我可以吃掉你吗?"
羊竭力掩饰着恐惧:
"呃……您这个说法真有趣。
您觉得现在是时候吗?"
"当然了。"狼回答。
"在这里吗?不会有点儿不合时宜?"
一脸无辜的羊怯生生问道。
"不不,田园风光很美,正适合野餐一顿。"
羊感觉末日将近,
跪下来求他:
"我能临终说几句话吗?"
"行吧,反正我也不急。"

被当地称作恶棍的狼,
脱掉西服,取下领带,
把衣物放在岩石上。
是的,狼是个绅士,
他不喜欢粗口、褶皱还有油印。

羊站起身，泪眼汪汪，
"您想从哪个部分开始下口呢？"
"我还在犹豫，我的小可怜，
好吃的部位太多，
你美丽的眼睛、下巴、膝盖、尾巴……"

羊打断了他："狼先生，
我可以提个问题吗？"
"当然可以。"狼觉得这羊有点儿有趣。
"您怀孕了吗？"
"无理的小家伙，我是公狼。"
"抱歉，只是您……"
"什么？"
"您的肚子太大了，
大家都在谈论这事，
我担心您的名声受损。"
"谁说的这些蠢话？"
羊继续：
"不是别人，就是镇上那群最美丽的母狼，
她们的美貌可是世间少有啊！"
狼脸色发白。
羊继续：
"您想知道她们的秘密吗？"
"小骗子，你快说，别神神秘秘的。"
"几个星期前，
这些母狼有了新的爱好：

那就是素食主义。

她们认为肉食动物简直就是……

笨蛋!"

"什么?"

对任何一只有自尊心的狼来说,

被这么骂,那实在是奇耻大辱!

他大吼:"你住嘴,不许再以讹传讹了!

你知道你在跟谁说话吗?我可是最厉害的捕食者!"

话毕,他穿戴整齐,重新上路,

改了口味,寻找可以果腹的小东西,

比如森林里的草莓,

吃上两颗,最多三颗!

小小的最后一个

母鸡佩特罗妮耶孵了一个 9[1],
崭新美丽的 9。
"哦,它真美啊!"
她的丈夫莫里斯感叹道。

母鸡一口气孵了第二个 9。
"哦,它真可爱啊!"

一直连续孵出了 9 个 9。
9 个崭新美丽的 9。
"哦,它们真迷人啊!
看,这个长得像妈妈!"

当着一大家子人,
爱玩彩票的公鸡爸爸建议:
"我亲爱的佩特罗妮耶,
想不想试试其他数字?"

但是该怎么办呢?
母鸡为了讨好丈夫莫里斯,

---

1 法语中 un neuf(一个9)和 un oeuf(一颗蛋)发音相同。

倒挂在落地灯上,
就像下猪仔的猪,
孵出了一个,
6!

莫里斯赶紧抓住了这个美丽的6。
这可是天赐的礼物,
连忙把它放在羽翼下,
爸爸温暖的羽翼下!

寓意不言自明,
6还是9,
就看你是正着看,还是反着看。

窝囊废和保护神

一天,窝囊废白羊,
吃掉了保护神灰狼,
这一幕太疯狂!
不,其实不是看上去那样。
窝囊废,
是坏人,
而保护神,
是好人。
神明也不禁感叹说:
"我算是见识到了!"

成见该被抛弃,
以貌取人不可取。

喵

今天早上,我的猫,我的咪咪,
什么都不说,
不喵,不哇,也不唔。
真是无聊,
一只不开口的猫!

我问他:
"老兄,你有什么烦恼吗?"
他还是不说话,
也不回答是或否。
我继续问他:
"你想要芒果、牛奶还是巧克力?
你是哑巴了吗?"
他不回答。
我接连问道:
"我可以帮你做些什么?
为什么这么沉默?"
还是没有回复,
甚至没有喵喵示意我:"我听到了。"

我想尽一切方法,

最后我把舌头借给了我的咪咪[1]。

我的猫想了想,张开嘴说:

"你好啊,你!"他用我的声音说话,

"你要来屋顶吗?

我们去抓老鼠,或者小鸟?"

他的语气和我一模一样。

失去舌头的我,当然开不了口,

像个木桩一样一动不动。

我的猫发了脾气:"你为什么不说话?

你有烦恼吗?回答我啊!"

这个场景令人匪夷所思。

---

1 法语谚语"donner sa langue au chat"直译过来是把舌头给猫,意指放弃寻找答案,希望对方给你答案。

我很想拿回我的声音，
但是却无法开口。
我的猫叹了口气，
还是用我的声音说：
"我的孩子啊，
如果你想沉默，
这是你的权利，
我嘛，我还有其他事情要做……"

他迈着自豪的步伐离开了，
找到了他的同伴，
把他的想法，还有他的生活，
统统告诉了他们。

我却再也无法开口，
只能呼哧呼哧告诉你们寓意：
永远不要把话语权给其他人，
因为一旦借出就再也收不回来！

刺猬的疼痛

可怜的刺猬背很疼，
疼了整整三个月，
只好去看医生。
医生问他：
"您做体操吗？"
"我对运动过敏。"
"您对顺势疗法怎么看？"
"有时候想试试……"
"或者用点儿草药？"
"我知道，也可以试试……"

医生看起来很迷惘：
"唉，您的背疼很棘手啊！
不如吃点儿药吧。"
病人叹了口气："我吃得够多了。"
"栓剂，糖浆？"
"我喝得不少了。"
"这样的话，只剩下一个招数：
我得……扎您一下。"
刺猬听罢顿感一阵刺痛：
"您扎完了吗？"
"没有。"医生笑了，

"我说的是一种兴奋剂，

一种舒适的治疗方案——针灸。"

刺猬嘀咕着：

"为什么不？反正我也从没试过。"

医生有点儿犹豫："只不过有件麻烦事，

我扎针灸的针丢了。"

刺猬说："别畏畏缩缩，

你明知道方法就在我背上，

快来，自己拔！"

（受苦的时候，什么都能接受。）

医生反对说："不，不。

您是病人，不是工具……"

"快点儿吧，别啰嗦，

我完全是出于好心。

倒也不算礼物，反正我背上的刺可多着呢！"

医生被说服了，

从慷慨的刺猬身上，

拔下了一根根刺。

刺猬"哎呀哎呀"叫了几声，

变成光溜溜的模样。

他大喊："难以置信，我有种新生的感觉，

不管是身体，还是精神。

我的背疼消失了！"

"可是……我还没开始针灸。"

"我向你发誓，

停下吧，我不需要了。"

"那您的针呢？"医生不安地问道。

"给这些针换个用处：

来玩彩色棍游戏吧！"

刺猬把这些针染成了红色、绿色和蓝色。

（游戏需要 41 根棍子。）

趁放在一边晾干的时候，

还喝了一杯开胃酒。

多出来的两根针，

怀旧的刺猬把它们放进了抽屉。

他跟新朋友玩了三局比赛，

冷静的刺猬以 3 比 0 获胜。

最后，

医生带着彩色棍子回到家，

勤加练习，提高战绩。

到了晚上，气温变凉。

刺猬想：这下没衣服可穿了，

我的刺本来是给我取暖的。

于是，他拿出多余的两根针，

还有一捆毛线，

坐在电视机前，

开始织毛衣、袜子、手套、大衣，

上一针，下一针。

斑马佐罗

斑马佐罗在老乔的花园里

偷了一把红皮白萝卜。

老乔一下子抓住了他,叫道:

"我要把你送进监狱。"

佐罗对老乔说:

"我不需要栏杆[1],

我的背上就是栏杆。"

老乔说:"你说得对!"

于是佐罗穿着披风,

戴着帽子,

拿着佩剑,

在老乔的大门上,

刻了一个大写的字母 Z,代表佐罗(Zébro)!

佐罗觉得自己是英雄。

老乔觉得,

自己是傻瓜!

---

1 法语中 barreau 本义是栏杆,也可以引申为监狱。

狐狸，你得吃光！

你们知道这个寓言故事吗？
有关一只饥饿的狐狸寻找食物的故事。
一起回忆一下吧！
狐狸看见了一只叼着奶酪的乌鸦，
便称赞他的嗓音和外貌。
愚蠢的鸟儿听多了赞美之词，
得意忘形地张开了嘴，奶酪……
掉了下去！
但是你们知道结局吗？

狐狸却大失所望，
"呸……太臭了！"
真可惜啊！
他不懂欣赏奶酪的美味。

他再回头去找，
乌鸦嘴里叼着一块新奶酪。

每次都是同样的伎俩，
狐狸毕恭毕敬，油嘴滑舌，
乌鸦的嘴里陆续掉落了南瓜、萝卜、韭菜……
然而狐狸都不喜欢吃。
那这个骗子喜欢什么呢？
很简单：面条。
他只喜欢加了番茄酱的意大利面，
就是小时候妈妈做给他吃的那种。
现在去哪儿找这道菜呢？
可怜的狐狸，他不知道。
他只能从乌鸦的嘴巴里找东西吃。
（专吃番茄酱意大利面的那只乌鸦，
搬到了喀尔巴阡山脉[1]。）
在一个美丽的清晨，
狐狸饿死了。

---

1 喀尔巴阡山脉位于欧洲中南部，是阿尔卑斯山脉东部的延伸。

葬礼上，有这样一段悼词：
为了保持钢铁之躯，
长命百岁，
什么都要吃，
哪怕只是一点点！

乌龟爸爸骨头硬

每天早上,乌龟爸爸都匆匆忙忙。
他想准时到学校,
但是他的六个女儿总是有很多问题:
"我该穿什么呢?"
"没有黄油了!"
"我找不到文件夹了!"
"谁看到了我的条纹袜子?"
"我总不能光着身子去上学吧!"
爸爸一直催她们:
"快点儿啊,我的小闺女们!"

终于,她们出门上路了,
但是事情还没结束。
经过榛树,
小乌龟开始抱怨:
"爸爸,你可以背我吗?
我走不动了。"
"爸爸,我累了。"
每一次,守时的爸爸都会回复:
"小美女,都爬到我背上来吧。"
他背着六个公主,
飞速前进,

她们高兴得手舞足蹈:
"爸爸,再快点儿!"

有时候,乌龟爸爸精神好,
为了哄小女生开心,
他甚至可以在上坡的时候,
超过蜗牛爸爸和他十个懒惰的儿子。

如果不喜欢自己走路,
最好是有个爸爸撑腰,
而且是个硬骨头爸爸!

闭嘴，驴爸爸在说话！

在小麦餐厅里，
驴子一家在吃晚餐。
他们冷静且节制地讨论着，
他们的家产。
"嗯昂嗯昂！"
驴爸爸清了清嗓子，
对他的妻子说话，
妻子低下了头。
驴爸爸继续说：
"嗯呼嗯呼！"
他自言自语：
"嗯呼克嗯呼克！"
他哼哧道：
"嗯哼嗯哼……"
他沉醉在自己的哼唱中：
"嗯哈嗯哈！"
突然，一个小小的声音，
从米饭餐厅传来：
"嗯嗯！"

爸爸提高了音量：
"哪儿来的噪音？"

原来是可爱的驴宝宝，
他开口了：
"嗯呼，嗯吼，嗯呼伊，嗯阿伊！"
被打断的驴爸爸大发脾气：
"你不能闭嘴吗？
别用小混混的口气说话！"
驴宝宝皱了皱眉头："嗯呼伊？"
"你就是个流氓、无赖、骗子！"
驴宝宝听不明白。
驴爸爸大吼："嗯呼呼呼！"
还大骂："让我来好好教训你。"
驴爸爸为了惩罚驴宝宝，把他扔到了床上，
让他饿着肚子去睡觉。

低调的驴妈妈在杂草餐厅，
对她的老公低声说：
"亲爱的，你没错。"

寓意卡住我喉咙里出不来。
因为在这个饲料饭厅里，
只有父亲，这个有才华的人，
才被允许开口。
嗯昂？

抗议者蚯蚓

孩子拿着小铲子,挖出一个洞。
在洞底,他发现了一条蚯蚓。
软软的蚯蚓,
正在享受烛光晚餐,
配着银餐具和高脚杯,
还有一位美人作伴。

蚯蚓生气了:

"谁在打扰我们如此神圣的时刻？"
"我事先不知道。"孩子辩解道，
"不知道你们住在洞底。
很抱歉！"
蚯蚓还是不满：
"淘气鬼，
赶紧把土放回来！
这穿堂风，我们会着凉的。"

孩子听话地拿起了铲子，
一铲子土盖住蚯蚓，
一铲子土盖住他的美人，
一铲子土盖住了蜡烛，
最后一铲子土盖住了银餐具和高脚杯。

环境幽闭且温馨，
泥土填满了洞穴，
蚯蚓举起高脚杯，
用温柔的声音，
向他的未婚妻求婚：
"你愿意接受我做你的丈夫，
做你孩子的父亲吗？"
美人激动得眼泪汪汪：
"当然，我的爱人，我愿意，
我等这些话等了好长时间！"

要知道,
永远不要在地下邻居亲吻的时候,
打扰他们,
你会给无辜的小两口,
增添不少麻烦!

河马爱人

河马长官,
刚吃完饭就号啕大哭,
他哭起来就像是警报一样响。
"啊啊啊啊……我太胖了!"
土耳其浴室里的人都盯着他瞧。

"不,大家伙。"
他温柔的太太安慰他,
"我亲爱的河马爱人,
你英俊潇洒,风度翩翩,
我就是爱你这副模样。
肥肥的屁股,
滚圆的肚子。
你就是我的国王,
我的长官……"

穿着拖鞋的河马,
擦干了眼泪:
"我的爱人,再说一遍,
我到底有多美!"

这则故事的寓意很深刻:

如果你想听别人赞扬你,
不妨先抱怨自己的缺点吧!
嘴唇薄,下巴小,
头发少,肚脐深。
每次都管用哦!

虱子的烦恼

虱子夫妇住在莉莉的红头发里,
百无聊赖,很是烦恼,
没有电视,没有电影,更没有音乐会。
他们在这片丛林里无所事事。
为了打发时间,
虱子夫妇没日没夜,
制造出
成千上万只
小虱子。
生活平淡如水,
烦恼依旧。
成千上万只小虱子,
为了打发时间,
又跑到其他人的头发里,
继续冒险……

上百万只小虱子就这样诞生了,
这个故事被编成歌,代代传唱。

甲壳类动物的课间休息

课间休息时，甲壳类动物争论起来。
"举手发言！"龙虾说。
螃蟹挑衅道："我没有手，
只有磨尖了的钳子，
你要试试吗？"
"哎呀！哎呀！哎呀！"

这时，有着六道伤疤的保安队长鳌虾，
风尘仆仆赶到了现场。
她说："爪子放下来！该死的螃蟹！"
"我没有爪子，
只有磨尖了的钳子，
你要试试吗？"
"哎呀！哎呀！哎呀！"

一场混战就这样开打，
甲壳类动物冲上去。
"哎呀！哎呀！哎呀！"

就在这时，
一个细细尖尖的声音响起：
"停下来！你们别打了！"

甲壳类动物住了手,
看着眼泪汪汪的小虾米。
甲壳类动物对小家伙感到很抱歉,
放下了尖利的武器,
说:"我们讲和吧,
小虾米,我们向你保证!"

为了签署停战协议,
甲壳类动物
紧紧握住了对方的钳子……
比以往还要用力!

小心谨慎说出以下寓意[1]:
暴力不是解决问题的办法,
有时候,眼泪比拳头更好用。

---

1 法语中avec des pincettes原义为带着镊子(夹子),此处是指谨慎行事,是一处双关。

鸡窝里的争执

这则故事告诉我们：
行动之前先要弄清楚别人的意思。

公鸡和母鸡，
在等待小鸡出生时，
怎么看对方都不顺眼，
鸡毛蒜皮都能引起争吵，
特别是针对小鸡的教育问题。
母鸡说："遇上不合理的要求，要对他说不！"
公鸡却说："亲爱的，他想做什么都可以。"
总之，无数的争执之后，
母鸡再也无法忍受。
她客气地说：
"我们分手吧，这样更好！"
公鸡生气了："那我们的孩子呢？"
"我们每个星期轮流照顾，
现在你可以走了！"
公鸡哀嚎道：
"我能去哪儿？在哪儿吃饭？"
母鸡说："我不知道，我受够了！

你给我滚蛋[1]!"

公鸡明白了,
把还没孵出的蛋,
滚到了山脚下。

不合宜的时机,
说出不恰当的话。
这个故事结局很悲伤,
你们不觉得吗?

---

1 法语谚语"Va te faire cuire un œuf"直译过来是你自己去煮鸡蛋吧,比喻义是滚蛋。

蟒蛇

蟒蛇心情非常差,
一口食物也吃不下。
医生对他说:
"您瘦得像根铁丝,
要试着吃口东西。"
"吃什么呢?"悲伤的蛇问道。
"酸菜、牛扒、猕猴桃,
您想吃什么都可以,
越吃胃口越好。"
"但是我一点儿都不饿啊。"

医生继续做检查:
"蟒蛇先生,张开嘴,说'啊——'。"
蟒蛇照做,说了一个大大的"啊——"。
医生打开了电筒,
观察厌食症患者的喉咙,
为了能看得更仔细,他鼓励蟒蛇:
"您可以把嘴巴再张大点儿吗?
发个长长的低音'哦——'。"
蟒蛇照做了,
颤抖着发出一个长长的低音"哦——",
一个非常深沉的"哦——"。

就在这时，
医生把手臂，还有脑袋，
伸进了蛇的喉咙里，
然后一直向下，
滑到了胃里……
他的职业操守会带他滑到更深的地方吗？
我们无从得知，因为故事就到此结束了。

蟒蛇痊愈了。
他突然一下子，
找回了胃口！

至于医生嘛，
他在蛇肚子里也深刻体会到，
蟒蛇的胃口真不错！

噩梦妈妈

每晚,小狼进入甜甜的梦乡,
不是梦见自己变成了一枚金纽扣,
就是吃了一顿小羊大餐。
然后,早上醒来,
就到了上学的时间。
突然,小狼看到两只大大的眼睛,
像匕首一样锋利的尖牙。
小狼吓坏了,
以为这是场噩梦。
其实这个可怕的家伙正是妈妈,
她轻轻地摇晃他:

"起床上学啦,宝宝!"

这就是为什么兽穴里的
小狼崽一直哭个不停……
哇哇哇!

各位家长,得另想法子
叫醒你家不想起床的孩子呢!

吸尘器

小小的蜘蛛奥若拉,
在吐丝结网时,
被狠狠咬了一口。
"哎哟!"
然后就睡着了。
一天,一夜,
一年,一百年……
说实话,奥若拉,
可以一直睡下去,
如果她的外婆,
没有打开吸尘器的话。

孩子们,
在大人打扫卫生时,
可不要偷懒扮演睡美人哦!

流口水

蜗牛是个话痨，总是喋喋不休。
他尤其害怕，
被故事书遗忘。
所以他从早到晚说个没完。
说什么呢？
无非是关于他自己的一切，他的生活，他的琐事，
"我，我，我非凡的生活……"
他用的词藻老掉牙，
令人生厌，
一张嘴就是"之乎者也"。
湿哒哒的口水跟着流下来，淌了一地，
寓意也被蒸发掉。

话痨蜗牛，口水直流。
他每经过一个地方，
就会留下他的足迹……
喜欢喷口水的话痨的痕迹！

癞蛤蟆为什么叫？

为什么每天晚上，
池塘边的癞蛤蟆罗密欧都会悲伤地叫？
原来他每晚都在唱爱情的咏叹调。
"朱丽叶，我爱你，你爱我吗？
我是如此爱你，
比爱自己的生命更爱你。"
但是月光下的朱丽叶一言不发。
一个眼神，一个手势都没给他，
连一句话也没留下。
面对沉默，
罗密欧绝望地跳入了水中，
希望对方会动容，
叫一声"停下来"或者是"快回来"！
身后，却没传来声响。

在池塘深处，
癞蛤蟆反思着自己：
"我做的是对还是错？"
过了好几天，
他浮出了水面。

再次来到池塘边。

猜猜看这一次,谁穿着节日新衣,
在悄悄地等他。

没错,是他的朱丽叶!
他激动万分。
她是想用金色花蕊和粉色花瓣来吸引他吗?
男高音并不知道。
可他再也不抱怨了,
在月光下再次高声吟唱:
"我爱你,你爱我吗?"
他对着刚刚盛开的睡莲深情告白!

这则故事提醒大家:
不要仅仅因为对方开了花,
就一厢情愿爱上它!

穿错衣服的狐狸

今天,鸡舍里举行化装舞会。

公鸡和母鸡,

纷纷装扮成公主、蝙蝠侠、仙女和霍比特人。

狐狸嗅到了机会,不请自来。

但是他该扮演什么角色呢?

思考一番后,他决定扮演公鸡,

乔装成服务员混进去。

狐狸来到舞会现场,

入口处,牧羊犬拦住了他:

"你不能进去!"

"为什么?"

"鸡舍化装舞会的规则就是,

个个都得化装，

但是你没有，公鸡。"

狐狸反驳：

"你看我打扮得这么高大！"

"没错，但是身高不是化装。"

"那我可以装扮成什么？"

"最受欢迎的装扮，"

牧羊犬继续说，

"是最吓人的那种，

比如僵尸、吸血鬼、巫女。

但是最最受欢迎的，

绝对不会出错的，就是最凶残、最可怕的……"

"最可怕的？"狐狸不禁插嘴。

"是的，鸡的天敌、

他们最大的噩梦……"

"是谁呢？"狐狸开始慌了。

"我不敢大声说，"

牧羊犬压低声音，"是狐狸！"

假公鸡崩溃了，

不是因为被拒绝入场，

而是因为成了头号公敌。

"我到底做了什么坏事呢？"

他自认也有被大家赞许的优点，

比如想象力和幽默感。

狐狸有些苦恼：难道我要就此罢手，不开杀戒了吗？
但很快，他就跟往常一样想出了妙计。
为了保持自己的好人缘，
他决定以后只吃外来的家禽。
对于本地的家禽，
他则会……当成兄弟来看待！
狐狸对自己的决定很满意，
买了一张机票，准备远行。

在飞机上，他想到：
这里做好人，别处做坏人。
这就是幸福的要领！

公主的真相

每天，怀旧的蟑螂，
都沉迷于翻看历史文献。

一个周六，为了寻找爱人，
或者说是一位需要被白马王子拯救的落难公主，
他来到一座城堡，
参加贵族的舞会。
他身着火枪手制服，
佩上长剑加火枪。
美若天仙的臭虫女伯爵，
看到他的装扮，忍不住吐槽：
"蟑螂，你这副装扮可真古怪！"
给螯针取暖的蜜蜂男爵问道：
"你是要去演戏吗？"
"还是去滑稽歌剧院？"
年轻的蚊子侯爵补充说。
"大概是去演一部斗篷加佩剑的电影。"
年轻的蜘蛛女公爵又加了一句。
鼠妇公主直言不讳：
"瞧这身奇装异服！你可真是奇怪。"
蟑螂没回嘴，无法反驳，
心碎了一地，离开舞会，

不声不响,

走进垃圾桶。

他脱下了可笑的服装,

郁闷地想:为什么这些小姐,

穿着如此奇怪?

T恤、球鞋,还有破洞的牛仔裤。

从前那些幻想着白马王子的公主去哪儿了?

瓢虫的信念

美丽的瓢虫小姐,
总是有很多问题。
她问蝴蝶:
"神明存在吗?"
蝴蝶不答话,
她更喜欢和大黄蜂一起跳跳舞。
蚂蚁说:
"也许存在,
也许不存在。"
苍蝇不发表评论。
金龟子说:
"你的问题让我恼火!"
鼻涕虫嘀咕着:
"别吵,每个人都有自己的烦恼。"
蟑螂嘟嘟囔囔:
"现在才问,为时已晚。"

就连螳螂也感慨道：
"别问这么多，好奇害死猫！"

可怜的瓢虫陷入了迷惑。
她张开翅膀，
飞走了。
飞到哪儿去了？
神明知道是哪儿，就是天上！
云深不知处……
具体是哪里？
呃，神明也并非无所不知嘛！

吃书帮

老鼠布格里在欧也妮书店的书架上,
打发时间。
他在做什么呢?
布格里正在啃书,一本接一本。
语法书,
"太详尽了!"
小说,
"美味啊!"
菜谱,
"至少这个不烧脑!"
大部头的词典,
则是上好的饭后甜点。
布格里是爱书之鼠,
他尤其喜欢纸质书。
有一天,他请了一帮朋友——
睡鼠穆罗和其他嘴馋的老鼠,
跟他一起分享美味佳肴。

欧也妮一直不喜欢这只老鼠,
其他老鼠的到来更是火上浇油。
她发了火:"太过分了!"
受够了这些吃书的老鼠,

她一拍脑袋，有了主意，
请来一只胖猫，
名字叫作灭鼠王。

一天，这只老鼠杀手走进书店，
露出尖牙和利爪，
大吼："瘦小子在哪儿？
还不乖乖来当我的晚餐！"
但是灭鼠王一看到上千本漫画，
也食欲大开……

可怜的欧也妮，
没想到原来灭鼠王，
也喜欢吃书！
于是，她关掉书店，
改开了一家杂货店。

故事的发展令人震惊，
猫和老鼠竟成立了一个吃书帮。
可他们边吃边抱怨：
"这些文章，如此美味，
却没啥营养。"

书已经填不饱肚子了。
都怪胃口实在太好！
于是，吃书帮来到了新开的杂货店，

准备尝尝鲜。

欧也妮大喊:"我要疯了!"
只能改开服装店。

酒足饭饱后,吃书帮又打上了衣服的主意:
"对于像我们这样认真的读者来说,
浑身光溜溜可不太得体。"

故事还在继续,
欧也妮只得再次改行。
这一次是卖鞋拔子、
奶酪擦,还有开瓶器。
对于像吃书帮那样有身份的读者来说,
都是必不可少的工具。
直到有一天——听好了——
欧也妮突发奇想,
她决定在市场上出售猫、老鼠、蜘蛛……
蟑螂、鼠妇、兔子也可以!

为了抓住这些动物,欧也妮想尽办法。
她买了很多陷阱夹子,
把奶酪和书放入陷阱里。

最终,事情解决了……
吃书帮被一网打尽。

欧也妮从此可以高枕无忧啦！

听听看欧也妮吸取的教训：
不要一味退让，
要是有人不断挑战你的底线，
那就把他们一锅端！

虱子度蜜月

虱子情侣只有一个梦想:
那就是一起浪迹天涯,
去探索新的头发,
去远方,
从未有人驻足的地方!

他们的目标是环球旅行。
清晨,在金色头发的光芒中醒来,
晚上,在红棕色丛林里手牵手。

沐浴爱河的情侣，

只想静静依偎在一起看日落，

还想在拳曲的短发里徒步旅行。

一旦发现白色头发，

就大喊：

"我见到了！太神奇了！"

完美的冒险，

惬意的假期。

还可以试试，

在秃顶那片酷热的沙漠里，

体验一回原生态生活。

不再亲吻咪咪

这次寓意可以哼唱出来[1]：
"孩子们，
你们总要长大独立！"

歌曲是这样开始的：
猫受够了妈妈米歇尔总围着他转，
"我的宝贝，我的咪咪！"
唠叨个没完。
他吼道："够了，够了！
拥抱，亲吻，爱抚……"
他抱怨道："够了！我得给妈妈找个爱人。
让她有自己的生活。"
猫来到磨坊，开始物色对象。
磨坊主就像他的兄弟雅克[2]一样，
总是一脸倦态，每天都呼呼大睡。
他的老伙计吉尔利呢？
他从橘子树上跌下来，
摔碎了骨头。

---

1 《母猫米歇尔》是知名法语童谣，歌词大意是：母猫米歇尔找不到她的小猫，于是跑到窗口大喊谁可以把小猫还给她。鲁斯特鲁让她拿东西来换她的小猫，米歇尔回答说可以用一个吻来换。
2 有首法语童谣的歌词就是：雅克，雅克，你还在睡觉吗？

杜默烈先生呢？
他去了里约旅行。
达高贝国王呢？
他正准备出发上战场，
跟他的兄弟堂吉诃德一起，
和磨坊的风车开战。
猫想道：真是气死人！

猫不死心，仍然继续前行。
在路的尽头，
猫遇到了有名的鲁斯特鲁，
他很会跳踢踏舞。
猫毫不犹豫地叫住他：
"你觉得我妈妈米歇尔怎么样？"
鲁斯特鲁叹了口气：
"这么多年来，
我心里想的只有她。"
"那你还在等什么？"猫笑道。
从那以后，妈妈米歇尔重新拾起少女心。
在啦啦啦的节奏下，
她学会了摇滚舞和桑巴舞；
在啦啦啦的节奏下，
她学会了探戈舞和爪哇舞、
华尔兹和恰恰舞。
搂着英俊的鲁斯特鲁翩翩起舞！

老鼠和狮子的特殊友情

一天,老鼠落入了陷阱,
大喊:"饶命啊!"
狮子王走过囚犯面前,
开口说:
"可怜的小家伙,喊破嗓子也没用。真令人伤心啊!"
他叹了口气就走开了。
老鼠不想死,
用牙齿咬断栏杆,逃走了。

又一天,嘲笑老鼠的狮子,
落入猎人的网子。
他大喊:"饶命啊!"
这次轮到老鼠经过囚犯面前,
开口说:
"可怜的大家伙,喊破嗓子也没用。伤心吗?活该如此!"
他也叹了口气走开了。

后来狮子被卖给了动物园。
老鼠来到了笼子前,
为了故意激怒狮子,
自高自大的老鼠靠得很近。
突然狮子一爪抓住了老鼠,

为了一次性解决所有的问题，
一口将他吞进肚里。

但是故事还没完。等等！
老鼠的一根骨头，
卡在狮子的喉咙里。
狮子哽得透不过气，
老鼠死后没几分钟，
狮子也一命呜呼了。

猫殿下

没有坏心眼儿的老鼠对猫说:
"殿下,
非常感谢您选中了我!"

一肚子坏心眼儿的猫,心想:
小小老鼠,还不够我塞牙缝,
居然这么讲礼貌!

然而,
礼貌也无济于事。

苦笑的首相

螃蟹国王宣称：
"听着，
我说横着走就得横着走，
这是法律！"
"陛下，这样的话，
我们该怎么走呢？"
龙虾首相举着大钳子，
苦笑着问道。
"我说，睿智的首相，
这很简单啊，只需要横着走啊……
跟在我后面走吧。
不行吗？你的动作太迟缓了！"

这个故事告诉我们：
再聪明的首相，
在国王面前也是百口莫辩。

狼的坏心思

这个故事，
在狐狸、水貂、熊猫当中大受欢迎。

我的祖母喜欢打猎和收集皮毛，
她说这样可以闻到真正的大自然的味道。
祖母生日那天，
我送给她一条美丽的狼尾巴，
正好能围在脖子上。
这是我清晨在路边找到的。

祖母戴上那条尾巴：
"多么柔软，多么精致啊！
谢谢你，我的孙子，我的宝贝，
这件礼物太迷人了。"

但是"狼尾巴"除了给脖子取暖，
还有其他的打算。
他咬掉了祖母的耳朵、鼻子、脖子
和一切他可以咬到的东西。

包括我的父亲、母亲，
当然也没忘记我的弟弟！

然后,肚子滚圆的狼,

在路边,

学生们放学的必经之路上,

好好睡了个午觉,继续等待……

游行

鸡皮疙瘩,

鸡的牙齿,

蛋头,

牛心,

原牛的角,

公鸡的脚,

羊的脑浆,

阿喀琉斯之踵[1],
鳄鱼的眼泪,

亚当的苹果[2],
大象的腿,
青蛙的屁股,
怪物的角,
山羊的毛,
兔子的嘴,
驴皮,
驴背。

我们集合起来,
夺取政权,
占领屠宰场。
胜利就在前方,
伟大的夜晚是属于我们的了!

---

[1] 原指阿喀琉斯的脚后跟,因是其身体唯一一处没有浸泡到冥河水的地方,成为他唯一的弱点。阿喀琉斯后来在特洛伊战争中被毒箭射中脚踝而丧命。现引申为致命的弱点,要害。

[2] 指男性的喉结。

国王,王后

在一个有趣的地方,
一位王后被人们称为国王,
为什么呢?
故事背后可有一出好戏!

青蛙王后,一边嚼着一块国王饼[1],
一边大喊:"我吃到蚕豆啦!万岁!"

---

[1] 国王饼是法国的传统糕点,最早是藏一颗蚕豆在蛋糕中,吃到的人就能在当天扮演国王,并且能多吃到另外一份蛋糕。

癞蛤蟆国王，她体贴的丈夫，
宠溺地把皇冠戴在她头上。
欣喜若狂的王后宣称：
"现在，我就是国王了！"

"而你，我的癞蛤蟆，
你就是我的王后，你幸福吗？"
变成了王后的国王没什么想法，
他犹豫了一下："这个……"
不过，出于对妻子的爱，
他答应道："好吧。
但是你只能当一天！"

故事还没结束。
做国王实在是件开心的事情，
第二天，天一亮，
她请求让她继续做国王，
再多做一天、一个月、一年……
"好吧，我的爱人！"
癞蛤蟆国王叹了口气：
"行吧，那只能再多做一年……"

国王没有从这件事中吸取任何教训。
直到今天，他还没能夺回王位，
还在苦想该怎么办。

一只路过的小布谷鸟

是谁一直在乡下的田野里叫个不停?
"咕咕,咕咕。"
是为了找小伙伴玩捉迷藏的布谷鸟。
"咕咕,咕咕,母牛,
你想玩捉迷藏吗?"
母牛有点儿生气,
晚饭还没进肚皮。
"咕咕,咕咕,猫头鹰……"
猫头鹰叹了口气:
"我现在只想睡觉。"
"咕咕,咕咕,燕子……"
燕子扇扇翅膀,
又踏上了旅途。
"咕咕,咕咕,森林里的人,
你想跟我玩吗?"
猎人看见了布谷鸟,
举起猎枪瞄准了它,
奸诈地回复:"咕咕,咕咕……
布谷鸟,快出来啊,
我来陪你一起玩啊!"

这个故事的寓意很明显:

跟美洲殖民史一样，

捉迷藏只是幌子，

拿冲锋枪、猎枪或者棍子的人就是侵略者！

毛毛虫,勇敢点!

从前,
动物可以选择爬,也可以选择飞,
下面一幕就为我们重现了当时的故事。

蝴蝶妈妈对她迷人的毛毛虫女儿露西说:
"你快变形吧!"
但是少女表示反对:
"我会变成什么样子,
会变成丑八怪吗?"
"不要跟我唱反调!
你会变成大美人,像仙女一样!"
"我不想变美,被人盯着看!"

"你会像风筝一样飞起来。"
"妈妈,我害怕,我害怕风。"
"男生会跟你说情话。"

"是吗？那对他们来说可是件好事！"
蝴蝶妈妈很执着：
"你难道想跟鼻涕虫一样用肚子走路吗？"
"那又怎样，这是我自己的生活。"
执拗的女儿如此回复。

蝴蝶妈妈很绝望，对丈夫说：
"你是父亲，拿出点儿威严来吧！"
可蝴蝶爸爸也不知道自己是否真心希望，
心爱的女儿换个躯壳，变成蝴蝶。
他只是嘟囔了几句，就不再吭声了。
气得蝴蝶妈妈最后扔下一句：
"露西真是太固执了！"

于是，露西变成了老毛毛虫，
一辈子没有生幼虫，
她总是自言自语道：
"随心所欲，终得宁静！"

闷闷不乐的绿老鼠

你们认识贝思吗?
她是这个国家最不幸的小家伙,
因为她是一只老鼠,
而且还是一只绿色的老鼠。
每当她身处绿色的草丛里,就会抱怨:
"大家都忘了我!"

每天,贝思都去散步,
一路抱怨个不停。
终于有一天,她的抱怨惹烦了诸位先生,
他们问她抱怨的原因,贝思说:
"我不想做老鼠。
不管是什么动物,总比现在做老鼠好!"
听到她这样诉苦,
先生们抓住了爱抱怨的老鼠的尾巴,
把她扔进浴缸。
一个浴缸装着水,一个浴缸装着油。
效果很明显,贝思变成了……
一只蜗牛。

看到自己的样子,
贝思大喊:"我变成了什么啊?

一只蠕动的蜗牛,还流着口水,太恶心了!
我求你们了,
给我一个更加威风凛凛的外表吧!"
"这个……我们试试看吧!"

说到做到,
诸位先生把贝思浸泡在牛奶里,
然后又泡进卷心菜汤,
把这个怨妇改造成了一头凶猛的狼。
"很抱歉,诸位先生,这不是我的性情,
我不想吓坏小孩子。"

诸位先生讨论之后,
建议尝试其他法子:
柠檬水加白葡萄酒,
贝思变成了一头白熊。
"太脏了!"
朗姆酒加洋葱汤,
贝思变成了一只可爱的猫。
"不不,太可爱了……
所有人都会来亲吻我!"
苹果酒加酸汤,
贝思变成了鼻涕虫。
"诸位先生,拜托了,
没有比这更糟糕的!"

朗姆酒加蜂蜜，
贝思变成了燕子。
"我恐高啊，我不会飞。
救命啊，我要掉下去了！"
威士忌加薄荷，
贝思变成了大章鱼。
"我的触手太多了，会打结的！"
番茄酱加米饭，
贝思变成了小蚂蚁。
"我太小了，没人会再提到我……
这太荒谬了！
我可是知名的绿老鼠啊！"

疲惫不堪的先生们，
试着把两种液体混在一起，
这样就只需要浸泡一次，省些力气。
他们用香槟加劣质咖啡，
做成了鸡尾酒，
想试试看它的威力，
不想却惊为天人：
贝思变成了一头大象，
而且是一头粉色的大象！
这难道不是意外的惊喜吗？

可相反，绝望的贝思却大喊：
"这样太显眼了，每个人都会注意到我！"

这一次，诸位先生受够了。
"贝思，你太难伺候了，
这是我们最后一次试验了。"

说罢，诸位先生直接把大象
浸泡在水和油里。
（需要很多吨水和油！）

简而言之，他们重复做了第一个试验，
不过这次是反过来做的。
结果贝思变成了什么呢？
她变回了一只可爱的绿色小老鼠，
在草坪上欢快地奔跑，
穿梭在三叶草和蒲公英之间，
跟青蛙、蝴蝶一道玩耍。
人人都说：
"她长得不像其他任何老鼠。"
"她太可爱了。"
"我真想为她写首歌！"

河马

"呼呼呼,呼呼呼,
呼呼呼……万岁!"
河马爸爸和妈妈,
为他们的宝宝小皮波欢呼道。
这是小皮波第一次,
在他的尿盆里尿尿!
看到父母这么激动,
小河马用他最动听的声音宣布:
"亲爱的爸爸妈妈,
看到你们这么高兴,我也很开心。
下一次,我会更加努力。"

画面放大:
面对肯定时,
回报一个感激的微笑吧!

哲学家狐狸

鸡舍开了堂哲学课。
哲学家狐狸问大家:
"是先有鸡,
还是先有蛋?"

公鸡和母鸡抢着说:
"这个问题太难了!"
在争辩了几个小时后,
哲学家狐狸宣称:
"我有一个办法,
能解决问题。"
他一口吃掉了在场的公鸡和母鸡。
"看啊,问题消失了!"
大家被他的推理说服了,
都承认他是对的。

虽说是大家……
但更确切地说,
现场已经一只鸡都不剩了!

情圣西哈诺

年轻气盛的剑鱼西哈诺,
谈恋爱了。
"嘘,这是个秘密!"
他爱上的是位有夫之妇。
谁啊?就是美丽的梭鱼夫人。
她有小球般的眼睛,金色的鳞片。
鳗鱼和角鲨鱼为此泣不成声:
"我们难道不够机灵吗?
我们缺少魅力吗?
我们怎么比不上这条梭鱼?"
剑鱼不发一语,
心里暗暗做了决定。

一个深夜,
剑鱼决定去告白。
他游啊游——心怦怦跳——去找他心爱的人,
他心爱的人赤裸着躺在河床里,
她的丈夫也睡在一旁。
"今夜可真黑啊!"
为了不吵醒她的丈夫,
西哈诺静悄悄地靠近她。

他壮了壮胆子,给心爱的人,
来了个激情热吻……
结果竟刺穿了对方!

幸好她的丈夫睡得很沉,
西哈诺在天亮前逃走了。

这个有点儿沉闷的故事,
难道没教会我们什么道理吗?
在跟剑鱼开会时,
叫上犀牛、独角鲸,
还有长角的专家——独角兽!

不喜欢 Q 的凤凰绿咬鹃

有时候，
幸福就藏在字母表里。

这是一只悲伤的凤凰绿咬鹃[1]，
他的羽毛色泽艳丽，
但是他想改个名字。
他问了自己无数次：
"我在地球上有什么用？
消灭罪恶？
创造幸福？
减少污染？
停止战争？
不，我毫无用处！"

"不，你有用处！"狗向他保证，
"你的用处可大了！"
"啊？什么用处？"
"教孩子们字母表！"
"什么意思？"
"你有一副婀娜的身形，

---

1 凤凰绿咬鹃的法语是queztal，以字母Q开头。

所以动物字母表里，
字母 Q 的代表形象就是你。"

凤凰绿咬鹃还是没有被说服：
"狗，你也可以代表字母 C 啊！"
"是的，但是以 C 开头的单词太多了，
猫、鹿、马、鸭子 [1]，
而你的字母 Q 太少见，
所以你总能出现在海报上。"
凤凰绿咬鹃不在乎，
他就是想换名字。

那么，我们叫他小猪猪？ [2]

---

[1] 狗的法语是chien，猫的法语是chat，鹿的法语是cerf，马的法语是cheval，鸭子的法语是canard，都是以C开头。
[2] 猪的法语是cochon。

自惭形秽的大象

大象觉得哪儿不对劲,
自己的长鼻子可真丑。
于是,她让外科医生
切掉了她的长鼻子,
变成了一个小鼻子。

她的朋友们责备她:
"现在你这样子真不好看!"

大象心想:
肯定是因为我的大耳朵!

她请人修剪了一下,
在耳朵上面穿了个洞,
方便挂上鲜花。

她的朋友们生气了:
"趁现在还来得及,赶紧住手!
现在你这样子真糟糕!"

但是大象有点儿执拗,
她左思右想:

是我的小眼睛、屁股、褶皱、
大腿、牙齿不好看吗?
不,我知道了,其实很明显,
是我的颜色……灰色不好看。

灰色给人一种忧郁的感觉,
我试试看粉色吧。

想学青蛙跳水的牛

牛，是这个地盘上的帅哥，
可他却嫉妒青蛙。
为什么？是嫉妒他们的面容吗？
不，他嫉妒青蛙的优雅和美丽，
青蛙自由跳水时，
身体赤裸，四肢绷直。
利落的空中转体让他激动，
还有那纵身一跳——啊，该死的跳跃！
让他忍不住叫好："好样的！太厉害了！"

有一天，牛想试试运气。
他戴上泳帽，穿上全套泳衣，
爬上跳水台，
为了向青蛙抖抖威风，
他鼓起胸肌和肱二头肌。
青蛙起哄，吼到嗓音沙哑：
"跳水冠军要上场啦！"

那一刻终于到来。
牛塞住鼻孔，跳入水中。
可他不会跳水，
这是他的错吗？

在奥运匹克泳池里，
结果令人发笑。
大块头落入池中，水花四溅。
青蛙笑得合不拢嘴：
"好样的！真是优雅啊，
跳水冠军非你莫属！"

牛听到大家这样嘲笑他，
心里很难过，
他想回家，
从此远离跳水台，
远离荣耀……

远离这个愚蠢的故事。
它真不值得一提。

图书在版编目（CIP）数据

新拉封丹寓言：55个现代动物故事 /（法）帕斯卡·图拉德著；(瑞士) 埃德里安娜·巴尔曼绘；陈潇译. --上海：上海人民美术出版社，2021.10
ISBN 978-7-5586-2157-4

Ⅰ.①新… Ⅱ.①帕… ②埃… ③陈… Ⅲ.①儿童故事 – 图画故事 – 法国 – 现代 Ⅳ.①I565.85

中国版本图书馆CIP数据核字(2021)第168781号

Il était une fable © 2018 Editions La Joie de lire S.A, Switzerland
Originally published under the title: Il était une fable by La Joie de lire S.A.,
5 chemin Neuf, CH - 1207 Genève
Current Chinese translation rights arranged through Agency Beijing Star Media Co.Ltd.

本书中文简体版权归属于银杏树下（北京）图书有限公司
著作权合同登记号图字：09-2021-0662

新拉封丹寓言：55个现代动物故事

著　　者：[法] 帕斯卡·图拉德
绘　　者：[瑞士] 埃德里安娜·巴尔曼
译　　者：陈　潇
项目统筹：尚　飞
责任编辑：康　华　徐　慧
特约编辑：周小舟
装帧设计：墨白空间·李　易
出版发行：上海人民美术出版社
　　　　　（上海长乐路672弄33号）
　　　　　邮编：200040　电话：021-54044520
印　　刷：天津图文方嘉印刷有限公司
开　　本：787mm × 1092mm 1/16
字　　数：86千字
印　　张：11
版　　次：2021年10月第1版
印　　次：2021年10月第1次
书　　号：978-7-5586-2157-4
定　　价：92.00元

读者服务：reader@hinabook.com 188-1142-1266
投稿服务：onebook@hinabook.com 133-6631-2326
直销服务：buy@hinabook.com 133-6657-3072
网上订购：https://hinabook.tmall.com/（天猫官方直营店）

后浪出版咨询(北京)有限责任公司 常年法律顾问：北京大成律师事务所 周天晖 copyright@hinabook.com
未经许可，不得以任何方式复制或抄袭本书部分或全部内容
版权所有，侵权必究
本书若有印装质量问题，请与本公司图书销售中心联系调换。
电话：010-64010019